KB059318

팔짱끼고 걸으면 좋겠다

이 진 시집 4

팔짱끼고 걸으면 좋겠다

스타북스

팔짱끼고 걸으면 좋겠다
하늘과
땅과
구름과
풀꽃과

팔짱끼고 걸으면 좋겠다
너와
나와
그들과
그대와

팔짱끼고 걸으면 좋겠다
아침과
낮과
저녁과

그리고
새벽의 시詩와

2020 여름에.
남산타워 근방에서,
이 진

목차

시인의 말 ——— 5

제1부

팔짱끼고 걸을 사람 있었으면 좋겠다 ——— 12

팔짱을 끼고 ——— 13

바람 만들기 ——— 14

주제 파악 ——— 15

쓰레기 ——— 16

화단의 아침 ——— 18

엘리베이터 티브이 ——— 19

인연 ——— 20

아침 의자 ——— 21

놀이 ——— 22

상 고쳐요 ——— 23

만두 먹기 ——— 24

교통사고 ——— 26

제2부

파도가 바다에게 ——— 28

그들이 말하길 ——— 30

미술 수업 ——— 32

레드 구피 ——— 34

제3부

만남 ——— 38

대리운전 ——— 39

문학 수업 1 ——— 40

문학 수업 2 ——— 42

문학 수업 3 ——— 44

옛날이야기 1 ——— 45

소파 ——— 46

양로원 가는 길 ——— 48

어머니 ——— 50

여름 1 ——— 52

여름 2 ——— 53

지구 탈출기 ——— 54

지구살이 ——— 56

참새 ——— 58

밤의 일터에서 ——— 59

뉴스와 팔자 ——— 60

이별 의식 ——— 62

첫사랑 ——— 64

행방불명 ——— 66

여름 3 ——— 67

행복지수 ——— 68

빈자리 ——— 70

나는 것이 사치스럽다면 ——— 72

의미 ——— 73

도화살 ——— 74

제4부

봄아이 ——— 78

쥐 ——— 79

보태기 ——— 80

낙서 ——— 81

법칙 ——— 82

인간 예찬 ——— 83

종류 ——— 84

옥탑의 방 ——— 85

태풍 ——— 86

성경에 이르기를 ——— 88

엿보기 ——— 90

단발머리 ——— 92

여자의 남자 ——— 93

우리 사랑은 ——— 94

생각 ——— 95

바람의 유혹 ——— 96

무덤 ——— 98

시체 유감 ——— 100

새처럼, 비처럼 ——— 102

봄의 환상 ——— 103

옛날이야기 2 ——— 104

만찬 ——— 105

그 출발점 ——— 106

유일무이한 그것 ——— 107

끓는 물과 컵의 대화 ——— 108

휴식 ——— 109

사고 ——— 110

청첩장 ——— 111

제1부

팔짱끼고 걸을 사람 있었으면 좋겠다

나도 팔짱끼고 걸을 사람 있었으면 좋겠다
발목이 삐끗 넘어가려 할 때
자동차가 슬금 치고 들려 할 때
버스번호 못 보고 어리둥절할 때
바람에 머리카락이 눈을 찌를 때
먼지가 눈에 허락 없이 침범했을 때
호호 불어줄 수 있는 사람
있었으면 좋겠다
높은 가지에 보라색 라일락 향을 따고 싶을 때
저어기 날갯짓 하는 이름 모를 새를 찍고 싶을 때
꿈에도 탐해 보지 않은 히말라야를 넘볼 때
감성 떨어져가는 단어들이 두려워질 때
잘은 모르지만 조금은 아는
그 사람들의 떠남을 문자 받았을 때
괜찮아 괜찮아요 괜찮다니까 괜찮을 거야
말 걸어 줄 사람
있었으면 좋겠다

무엇보다

그이가 지닌 바이러스마저
몽땅 나랑 일치하여
눈치 볼 것 없이
팔짱끼고 걸을 사람 있었으면 좋겠다

팔짱을 끼고

자, 팔 빌려 줄게 끼어 팔짱
내 말을 이해 못한 사람들이 불쑥
들이미는 팔
웃지 못해 아프다
오해 받기 딱 좋을 말을 한 뒤
주워 넣으려 하지만 늦었다

나는,
하고 싶은 말도 못하고 살아야겠구나

잘 살아가는 그들은
진작
그 수법 알았던 것이구나

늦은 밤 깨달음이
수면제 잠처럼 다가온다
그래도 할 말은 하고픈데 어쩌나

바람 만들기

다시
내 숲에 앉았다
부채를 가져오지 않았다
그래도 좋았다
움직여야 시원하다

내 몸으로

바람을 일으키며 걷는다

주제 파악

능력도 안 되면서
이것저것 주워 담으려 하니
내 쓰레받기 어처구니가 부러질만하다
소화도 안 되면서
이것저것 영양가 높은 음식들 먹으려 하니
위장이 뒤집어질 만하다

분수껏 살기가 제일 어려웠어요
욕심 버리기가 제일 숙제였어요
소화시키기는 더욱 괴로웠지요

남은 날들은
불로 지져야만 질 인조 꽃과 함께
주제에 맞는 순간순간을 살 테다

그러나,
그들도 주제는 알고 사는 걸까
내 차지된 구르는 나뭇잎이
나를 호위하여 묵묵히 걸어준다

쓰레기

쓰레기장이 나의 베란다 앞에 위치한 것은
우연 아니다
혼자 영위하는 하루에도
손마다 쓰레기 들려 있다
하루마다 그것들 내어버리며
(쓰레기와 안 쓰레기를 구별하는 것도 하루 일거리다)
산다는 것은 쓰레기를 만드는 일이구나
쓰레기장에 장벽이 생겼다

긴 복도 앞 청소가 주어졌다
오늘의 일감 기쁘게 받아 청소 시작한다
두어 집은 쓸기만 했다 미안하고 고맙다
한 집은 세탁기 전축 케이지가 복도에 놓여 있다
맘대로 쓸어낼 수 없어 고민했다
옆집은 쓰레기 봉지들이 즐비하다
땀 흘리며 치우고 나니 번데기들이 구석에 쌓였다
바퀴벌레를 유인하는 먹이인 듯
더럽고 구역질나지만 치워야 했다 우글거리는 벌레들…
경고장 써 붙이고 싶다
옆집 딸이 싸우러 나왔다며 내 앞에 버티고 섰다

싸워봐 때려봐 나는 대걸레를 들고 덤볐다
마지막 집은 잡초가 무성하다
식가위로 하나씩 자르는데 버겁다
여동생이 나타나 손을 뻗는다
이렇게 뽑아버리는 거야 다시 청소할 일 없게

그 모든 복도들이
베란다 아래 쓰레기장에 모였다
집게차가 쓰레기 장벽을 조각내어 떠낸다
쓰레기 때문에 밥 먹는 사람도 있다

화단의 아침

아침은 화단의 나무들이
수난당하는 시간
농약 세례를 당하고
가지치기를 당하고
풀 뽑기를 당한다
풀로 태어난 게 무슨 죄라고
나도 내가 풀일 줄 알았겠냐고
다시 꼭 태어나 복수하고 말 거라고
미처 못 뽑힌 풀은 알아서 눕는다
꽃 털기가 시작 된다
나 아직은 피어있고 파요
나 아직은 꽃이고 싶다고요
사정하고 애원해도 예외 없다
꽃잎들은 낙엽보다 더 쓸기 귀찮아
풀들의 생존전략처럼
아침 일 나온 사람들의 생존 전략
나무랄 자격 없다

이렇게 부딪힌 것도 운명인데

아침나기가 평생나기보다 두려운
풀꽃과 꽃잎을 거둔다, 기억 속에

엘리베이터 티브이

할머니가 지팡이를 가리키며

이게 전기가 와야 나오더만

아침 6시에 보니까 안 나와

늦잠꾸러기 나는 보지 못한 세계다

할머니가 먼저 내리며 인사한다

나보다 멀리 가는구먼

14층에서 내리며 웃는다

시인하면 잘 하시겠다

시 교실로 모시고 싶다

구피들이 난리 났다 밥 달라고

밥도 안 주고 어디 갔다 와

이 늦잠꾸러기 주인아

더 늦기 전에 아침을 맞으려고 그랬다 왜

구피들과 내 시간들과 티격태격 하는 사이

하루가 문 열고 잠 털기 하품을 한다

인연

아, 인연은 모진 것

인연 따위 피하기 위해 이 길로 들어섰건만

또 만난다

내가 타는 엘리베이터에도

자꾸 인연이 같이 타고

내가 걷는 길에도

자꾸 인연이 같이 걷는다

나는 인연 따위 거부한다

인연은 나를 발가벗긴다

나를 속닥거리는 표정들이 귀찮다

그냥 두었으면

관심 끊었으면

한번 발각되면 전부 들통 난다

그들의 입과 눈이 나를 해부한다

실험실에 제공된 무언고 시체처럼

무기력하게 파헤쳐지는

인연 따위, 싫다

밤이면

인연 없음 후회하는 어리석음

아침 의자

이쁜 신발이 나를 거부한다
나는 이쁜 신발이 신고 싶다
누가 주인일까
기 싸움 드센 와중에
숲속에 앉았다, 이른 숲의 체온
벌레들도 모두 퇴근한 후의
안전한 숲의 표정, 나만을 위한

새들도 잊었다, 자기가 새인 걸
나도 잊었다, 내가 사람인 걸

바위는 알까, 자기가 바위인 걸
나무는 알까, 자기가 하늘바보인 걸

숲의 최면에 걸려
저마다의 경계가 사라진다
조금 더 누리려고
의자를 비워주지 않는다

목적을 잊었다
이쁜 신과 투쟁하며 여기까지 걸어온.
사람들이 나를 시기한다

놀이

새들과 노는 중
새들은 나뭇잎 가지에 발붙이고
나는 보도블럭 얼굴에 발붙이고
서로 통한다
저쪽 길은 덥잖아요
공해가 살잖아요
이쪽 길은 원래 내 길이라고요
내 가슴으로 내 목소리로 키웠거든요
뿐인 줄 아세요
이름 숨기고 부끄럽게 핀
저 아이들도 나의 노래를 듣고 자랐어요

스스로 걸음 멈추고
날개 접고 항의하는
새의 목소리가 정의롭다
논리정연 한 높낮이 칵칵칵 칵칵
그래, 나는 이 길에 보탠 게 없지
나는 풀이나 밟고 보도블록이나 발로 찼지
내가 미안해

새는 날갯짓으로 승리의 음표 날리고
나는 서너 걸음 동글게 돌아
새가 놀게 허락 한다 비켜준다
새가 쫑쫑 걸음으로 앞장선다

상 고쳐요

상 고쳐요 상 고쳐요

아줌마 상 고쳐요

초인종마다 목소리가 배달된다

목소리도 나이를 먹었다

어느 시대에서 온 할머니일까

아파트 오르막에 돗자리 깔고

낡은 교자상을 널어놓은 할머니는

아직도 상을 고쳐 쓴다고 믿는 걸까

하루도 아니고 시간마다 상과 먹거리가 배송되는

세상에 살지만 세상에 속하지는 않은 채

할머니의 세계에서만 문 열어놓은

상 고쳐요 노점

하루 매상은 얼마일까

없는 교자상 다리 부러뜨려서라도

상 고쳐요 노점 첫손님 되고 싶다

만두 먹기

왜 마요네즈를 먹어, 자꾸
비상식량이라니까요
차라리 케첩을 먹어
더는 대꾸하지 못한다
케첩은 소화가 안 되어요
마요네즈도 먹으면서 케첩이 소화 안 된다고?
거짓말이라고 의심할 테니까

토마토는 속을 긁는다
토마토는 속을 쓰리게 한다
어떤 시인은 토마토 속에 고래를 넣던데
내 얄팍한 속은 갈아놓은 토마토도 못 넣는다
이유를 알았다면 이렇게 살지 않았겠지
이유를 알았다면 다르게 살았겠지

나의 유난함을 부끄러워하다
나는 조금 더 망가졌다
나는 된장찌개 먹을 거야
주장하지 못해 자꾸 토했다

이젠 눈치도 버릇도 없다

다들 선생님 따라 육개장 시키는데

나는 만두를 시킨다 나를 보는 시선들

만두를 세 개 나누어 주고 일동이

육개장 죄 먹어치울 때까지

두 개의 만두와 시간 내기를 한다

내 속을 알았다면 아는 만큼 살았겠지

너의 속은 좀 평안할까

교통사고

꽃이 교통사고를 당했다
선명한 바퀴의 발자국
형체 모르게 깨어진 화분
비에 취한 것일까 바퀴는
비를 체포하려 돌진했을까 바퀴는
비에 젖어 떠는 꽃을 구하려던 것일까 바퀴는

망가진 후에도 향기는 남아
바퀴의 질투를 쓰다듬는다
비가 꽃의 마지막 말을 대변하려
꽃의 이파리에 오돌돌 맺혀 있다, 지난날 여드름처럼
비의 무늬를 밝혀내면 밝힐 수 있다

간밤 비와 함께 돌진한
그 사람의 진실을,
사망하고도 향기 남기는
꽃들의 잔인함을,

제2부

파도가 바다에게

어디로 가는지 모르지
미리 알고 있었다면 재미없어 시작도 안했을 걸
가끔은 그림자를 납치해 달리기도 하지만
나랑 닮은 태풍을 데불고 가기도 해
어디로 가냐고 묻지 마
너도 어디로 가는지 모르잖아
알면 심심해서 멈춰 버릴 거잖아
그래도 끝내 서 버릴 지점은 알고 있지
실은 너도 알고 있지
애써 모른 척 하고 갈 뿐이야 너도 나도
다들 우멍한 결의한 채
닮은 거품들을 입에 가슴에 물고 있지
머리는 거품들을 거부해 꺼질 걸 아니까
하지만 거품이 되어보지 않으면 끝내
거품의 속을 알 수 없잖아 그래서 그래
꺼질 것 알면서도 끝내는 흩어진 발자국 모양으로
모래톱에 걸려 모래그림자로 남을 걸 알면서도
가는 거야 선택했으니까 떠났으니까
뒤로 밀리는 거품들도 보았지만 껄끄럽더라고
남의 생명 탐내 거품 뒤집어씌우는 놈들은

꼭 그렇게 끝을 보더라고 엎혀도 꼭

목 잘린 갈매기나 퉁퉁 불은 아이의 일기장에 엎혀

자기까지 썩은 거품 되어 꺼지더라고

나는 아니야 말리지마

왜냐고 굳이 밝히라면 이미 틀렸다는 걸 아니까

그들과 달리 놓아버릴 게 별로 없는 걸 아니까

달려보는 거야 거품이라도 입에 가슴에 물고

이미 불었으나 사라지지는 않은 아이의 글자로 아이의 연필로

달릴 거야 볼 거야

온전한 사라짐이 무언지 끝은 어딘지

거기서 만나 가끔 거품 찌그러지고

수평선 기우뚱거려도 상관 마 어차피

마지막은 같을 테니까 좀 더 가벼운 걸음 아픈 걸음

빠른 걸음 억울해 하지 마 거기서 만나

다 같이

그들이 말하길

표절이래 안 써 본 단어는 없는데 안 살아 본 생도 없는
데 비유마저 달라야만 한대 웃음마저 틀려야만 한대 내
가 꼬여서 말하는 거 트집 잡지 마 나는 표절 따위 모르
는 생이고 싶어 뒤집어진 거야 삐딱해진 거야 그때부터
였을 거야 삐딱해진 내 영혼은 늘 불편해 아파 고개를 들
고 있어도 아프고 고개를 눕혀도 아프고 생각을 품어도
아프고 생각을 도려 먹어도 아프고 어라 길고양이는 어
디서 나타난 거야 너도 삐딱해져야 알아주는 세상 사느
라 담벼락 길 택한 거냐 길고양이 걸음 따라 가다가 생각
마저 버렸는데 또 영혼이 아파 이젠 귀까지 아파 그놈이
내 귀를 잡아 뜯으려 해 뜯어버려 소리 지르려다 귀를 잘
라버린 화가를 표절하지 않기 위해 말을 참아 통증도 표
절이라고 하면 당장 버려버릴 텐데 통증은 표절도 없는
건가 귀가 먼저 나를 떠나려 해 내 귀에 담기는 신호들이
가여워 신호들마저 아플 테니까 아침새는 누굴 부르는
걸까 나도 새가 되고 싶었는데 벌레를 먹는 걸 보고 포기
했어 죽은 걸 먹는 걸 보고 단념했어 하나씩 버리고 떨구
고 내쳤더니 나밖에 안 남았는데 나조차도 표절이라고
자꾸 시비를 걸어 그래서 나왔어 삐딱해진 영혼이 어깨
로 내려가 가방도 멜 수 없는 어깨를 어쩌라고 손이 가방
이 되고 삐딱해진 영혼은 손을 타고 내려와 손가락마저
아파 문자도 못 찍어 소통이 안 돼 통하지 않는 것도 표

절일까 글도 못 만드는 손가락을 달고 사는 이유 모르
면 관둬 삐딱해진 영혼은 유두를 타고 심장을 찔러 등
을 허리를 골반을 사타구니를 찔러 다르게 살려고 표절
하지 않고 살려고 시작한 건데 누가 내 다리를 뜯어 아
파 아프다긋! 벤치에게 하소연해도 소용없어 여기는 지
나가는 아침새와 지나가는 공기가 있을 따름이야 노오
란 잎꽃으로 태어난 풀꽃은 표절 아닐까 세상이 다 닮
았다는 착각은 억울한 노이로제일까 나는 표절이 싫을
뿐인데 삐딱해진 영혼은 나를 놓지 않을 거야 표절이
싫으니까 통증은 아직 표절 아니니까 삐딱해야만 인정
받으니까 아악 눈도 아파 너는 뭐야 너는 표절 아니냐
너는 어제 만난 어제의 아침 해냐 오늘 만난 오늘 아침
해냐 너는 진짜냐 여기는 진짜 오늘이냐

미술 수업

목탄 먹 바탕이 깜깜하게 짙어서
하얀 북극곰이 살았다
선명한 주인공 되었다
함수처럼 포복한 하루들이
깜깜절벽인 탓에 별 수 없이
내가 살아났다
돌연변이 보도블록 틈 잡꽃이었는데
사방이 깜깜해져 나는
세상 하나뿐인
지독하게 하이얀 원조 풀꽃 되었다
내가 뿌리내린 땅이 주목받고
내가 팔 뻗은 쪽방이 시세 타고
내가 마음 얹어 올린 꽃잎이 그만
1등 되었다, 하이얀 풀꽃 그리도 많은데!
깜깜절벽을 끌어안아야겠다
결코 팔 풀지 말아야겠다
내가 희미하다 느낄 때
내가 울먹인다 느낄 때
사방의 작은 불까지 끌어안아 꺼야겠다
나만 꽃 피어오를 수 있게

잔혹하게

길은 예고 없이 나타난다

길 낚기 위해 북극곰 그린다, 옆에서

신명자 김명자 이명자 박명자 솔민우 아민우 차민
우 겹민우 빼민우 신데렐라 일곱난장이 숲속의 마녀
돌고래 갈치 붕어 구피 북극곰 사자 독수리 호랑이
사슴 겟아웃 박제 해골 분노 속죄 햄릿 장미 목련 희
망 연민 인연 더하기 사연 신발 모임 멈추어야만 볼
수 있는 운다 소곤댄다 잔다 깨어난다 북극곰 그린
다 옆에는

대박이다 하루, 플래시들 겹치고 밀치고

레드 구피

애야 미안하구나 안타깝구나 너의 마지막 숨을 구경할 수
밖에 없는 무능함 신이 아니어서 너의 숨을 더 보태 줄 수
없는 막막함 너를 만나서 좋았는데 웃었는데 애야 너는 나
에게 잠시였던 거구나 만남은 늘 잠시인 걸 잊었구나 지나
치게 안심했구나 만났기에 다 받은 줄 알았구나 마음이란
순간에도 천 갈래 만 갈래라지만 애야 너를 향한 마음만
은 늘 마음이었는데 늘 다함이었는데 나의 무능함을 너의
깔딱이는 아가미로 겨우 눈치 채는구나 전에도 애야 너 같
은 아이 있었다 그래 잠시 신의 대리인 해보려 바늘을 잡았
구나 바늘 끝을 알코올로 닦고 혹시라도 애야 네 심장 얼
어 터질까봐 내 손끝을 호호 따뜻하게 뎁힌 후 너의 허리를
잡았구나 그것은 이미 허리를 넘어 뚱뚱한 딸기 같았는데
내 손끝에 집힌 너는 숨보다 여릿하더구나 살아있는 몸뚱
이는 처음 만졌는데 내 손 끝 아래서 파닥, 파닥, 네가 숨을
쉬는 게 생명처럼 느껴지더구나 생명을 만지는 게 이런 것
이구나 무섭구나 아직 살아 있는데 혹시 방해하는 걸까 도
움이 될까 바늘 끝을 찌르지도 누르지도 못하고 망설였구
나 너는 깔딱, 깔딱, 마지막 생명을 삼켜가고 그렇게 끝난
모습 이미 만났었기에 망설일 수 없었구나 그때 아이도 너
처럼 깔딱이다가 머리를 어항 구석에 처박고 움직이지 못
하더구나 애야 내가 한 가지 정확하게 아는 것은 움직이는
네가 아름답다는 것 움직이는 숨이 마음이라는 것 움직이

는 마음이 곧 산다는 것 나는 진심으로 너를 움직이게 하고 싶었구나 신의 대리인 같은 거 관심 없었구나 애야 미안하구나 안타깝구나 나는 최소한의 기도도 생략하고 너에게 바늘을 댔구나 생명은 애호박보다 덧없이 찔렸구나 너의 터질 것 같은 배를 안압 누르듯 지그시 눌렀구나 꽈악 눌렀구나 너는 피 한 방울 없고 몸에서는 안개 같은 물만 퍼지더구나 안개를 얼마나 퍼먹었기에 똥을 싸지 못한 거니 얼마나 똥을 싸고 싶었으면 똥구멍이 플라스틱 반지처럼 부어 있던 거니 정확히 똥구멍을 찌르지 못한 탓일까 응급의의 실력이 형편없는 탓일까 애야 그래도 너는 내 바늘 끝에 대꾸하듯 지느러미를 움직였는데 숨도 푸르릅, 푸르릅, 쉬었는데 좀은 안심되어 너를 다시 병실에 넣었는데 인간의 밥 한 술 먹고 사람의 약 한 줌 먹고 돌아서니 너는 멈추었구나 애야 움직이는 게 아름다운데 움직이는 게 마음인데 움직이는 게 사는 건데 내가 모자랐구나 애야 미안하구나 안타깝구나 너의 마지막을 두 숨이나 재촉했으니 너를 다시 만나게 된들 두렵구나 그럼에도 애야 너를 기어코 만나고 싶구나 한 번만 더 너의 숨을 너의 움직임을 너의 마음을 너의 사는 날을

제3부

만남

그날 강바람은 분명 수상했어요
막 얼음 풀려나가는
시냇물 같은 강물에 우리 두 발 담그었을 때
우르르 별들이 몰려와
손가락질 하였어요

억지로 어깨 늘어뜨리고 서 간판 가리고 있는
버드나무도 그렇고
강바닥에서 강제 견인된 조약돌들 웅크린
모텔 정원도 그렇고

이렇게 시작되는 것
바람조차 힐끔거리고 가는,
모양 사납게 접어든 우리들의 오솔길

강변에서 사랑을 맹세하는 법 어딨나요

대리운전

야간 테니스장의 불빛
그는 돌아오지 않고
건강한 신체에 깃드는 건강한 정신
그는 돌아오지 않고

불법 펀드처럼 기승하는 가난을 타개하러
촉수 낮은 가로등 불빛 꺼질 때까지
길 없는 길을 대리운전으로 헤집는다니
그녀는 날마다 병 깊어진다.
그가 좋아하던
바다도
오피스텔 같은 외딴 섬도
찬거리로 내놓을 수 없음에

몽땅 정전사태를 일으켜버려야 해
개성 도드라지게 행복 연출하는 아파트 불빛들도
헤프게 번쩍이고 있는 길 건너 모텔 간판들도
슬며시 손목 잡고 허리 안는 야간 테니스장의 바람기도
모두 꺼져들면

불규칙한 구둣발 소리
그가 귀가하는 소리

문학 수업 1

문학이 재미있다고 말하는 선생,
불량 티슈의 그것처럼 불결하게 찢어진 오징어의 살점
씹으며, 아버지의 각혈하던 얼굴, 팅팅 부어터진 얼굴,
혈관이란 혈관마다 주사 바늘 꼽힌 처절한 몸뚱이 떠올렸다

내가
로트링으로 정교하게 각 지워 그려냈던 원고지 네모 칸에서
일생을 일관하던 그가
떠난 지 20년하고도 2년 8개월 동안

문학은 재미있었던가
문학은 할 만 하였던가

나의
오늘 재산목록에 추가 등록될
몇 지인의 등장
그들 눈동자가 나의 시
그들 몸짓이 나의 언어
그것만이 나의 진실

문학은 재미있는 거라고 말하는 선생,

찢긴 오징어도 그래, 하며 웃고 있을까
지금 포천 공원묘지 어디서
잡초보다 사소해진 그가 마른 오징어처럼
입술을 불결하게 찢으려 한다

문학 수업 2

작가가 될 수 있다는 광고 카피에 홀려
무작정 상경한
우리의 과대표

제 몫의 고통만한 안경테가
자꾸 그의 감성을 짓누른다
듬성듬성 턱수염이
고향의 가문 텃밭처럼 그를 지치게 하고

시보다 먼저
술자리의 예의범절 배운다
이때쯤 중간계산서를 살펴보고
(주머니는 틀림없이 실밥 터져 있을 것)
시곗줄은 풀어 묵직한 가방 속에 처넣을 것
(새벽 3시는 곧 아침이란 걸 알게 될 걸)

고등학교 교지에 시를 실어준 선생이
철천지 웬수다
손끝도 담그지 말았어야 할
쓰잘데기 하나 없는 구정물 같은, 문학

그는 이미

폐인이 되어간다

몇 시간 야근의 대가가

한 잔 술에 무용지물 가불되어 버리고

오장육부까지 죄 털어주어야 풀려나는

뒤풀이

작가를 사고파는 광고 카피

또 하나의 불량전입자를 탄생시킨 서울의 밤

문학 수업 3
-교통체증

뿌우연 피칠겁 한 도로 끝에
그대 깨끗한 와이셔츠바람으로 서 있는가
매끼 남의 밥으로 허기 때우며
사람이니 영혼이니를
천연덕스럽게 반찬으로 올리는가
밥 구경한 지 오래라는 저 청년이
탈락할 날도 내일 모레쯤
가난해도 시를 쓸 수 있다는 건
어느 나라의 문장인가
병목현상, 브레이크 등 꺼질 날 없는
목숨이 경각에 달린 도로 끝에서
와이셔츠에 목 줄기 졸린 가련한 청년
기다리고 있다, 하염없이
길 빠지길
버릇처럼 남의 밥그릇에 숟갈 하나 푹 꽂는
군더더기 빠지길

선배가 묻고 있다
너의 주소는 어디냐고

옛날이야기 1

옛날 어떤 아씨가
살주사 맞았대요
너무너무 배 아파 하늘이 온통 무지개 천이었을 때
머슴아이가 치료해 주었대요
아씨 뒤 졸졸 그림자 수발하던 나날
아씨 댕기머리 끝에 눈물꽃 달아매던 나날
머슴 가슴팍엔 타다 만 그리움의 재만 그득그득 하였대요

그리고 그날
아씨가 죽을까 봐 죽을까 봐
혼신의 힘으로 보듬었대요

아씨는 생긋생긋
봄나물 향기처럼 웃었지만
머슴의 사타구니는 허했대요

마님이 당장 잘라
똥간에 내다버리라 불호령 하였대요

소파

소파에서만 누워 잠드는 남자
푹신한 침대로 접어들기엔 못다 한 의무가 스펀지처럼 눌려
다리 한번 곧게 펼 수 없다
편집되고 각색된 남의 삶,
드라마나 영화 보고 침울해지는 여자가
어리석어서, 못내 속 터져서
여자 몫의 행복도 챙겨 주지 못한 능력이 스스로 가당찮아서
거칠게 핸들 꺾어 버리고,

그래도 눈은 붙여야
내일을 볼 수 있으니까
소파는 평생 굽은 등 받쳐주진 못하지만
시멘콘크리트 방바닥보단 안락하니까
늘상 TV도 켜놓고 잠들어야 한다
아무도 깨워주지 않는 의식을
밤새 지릿지릿 몸살 앓던 화면이 챙겨주니까

여자는 침대 속에 고이 묻어두고
반 푼 어치도 안 되는 행복 챙겨주었다고 믿는 남자
허술한 창밖의 어둠이

여자의 불면증을 자극한다
소파를 치우면
남자의 의무감도 치워지는가

여자는 남자를 흔들어 깨워
침대로 끌어들이고만 싶다

양로원 가는 길

병들면 버려다오
내가 네 아비를 버렸듯이
상품가치가 떨어진 물건은 쓸모 있는 부속만 챙기고
분해되는 게야, 이 사회선
양심이란 바람 같은 것
아파트 놀이터서 놀다간 회오리바람은 다시
여기를 찾지 않지
세상은 넓고 가볼 곳 너무 많아
두 번씩 머무르기엔 시간만 원망케 돼
버릴 때의 용기는
선택할 때보다 더 지긋한 고통 요구하지만
봄은 이미
개나리도 버렸고 후유증처럼
알레르기 꽃가루만 그림자 떨구고 있잖아.
세월이란 놈 내 눈치 보며
언제쯤 팔짱 껴줄까 기다리고 있는 것 알아
한 번 더 기회 주어도
이렇게 구겨진 고지서처럼 살았을 것
술 한 잔 넉넉하게 사 주지 못한 주변머리
구닥다리 부속품 되어버렸을 때

진즉 발 뺐어야 했어

망설이지 말고 나사를 돌려다오

아랫도리도 추스리지 못하게 된다면, 아

서둘러 버려다오

어머니

남의 집 식모살이에 겨워
하나뿐인 혈육 점지해준 날도 잊어버리고
삶의 훈장처럼 가슴팍에 아로새겨진 갈비뼈들
생물학적으로 여자였던 증거가
유두 끝 검은 점으로 간신히 남아

거창하게 엄마가 되기로 결심해본 적 없어
고만고만한 형제들 틈바구니 빠져나오길 소망해보던 죄
'어떻게 태어난 인생인데'
같은 사치스런 문구 입에 올린 적 없었고
그냥
세 끼만 거르지 않게 해 주면 은인이라 믿었어
종교처럼 믿어보면 될 것이야
전처 자식도 내 복이고, 아 그때쯤
그 남자가 너를 점지하셨지
그땐 엄마도 온전한 여자였던 걸까

가시밭길 인생살이가 행복한 내세의 담보라니,
콘돔 갈아 끼우듯 여자를 바꿔치기하는 사이비 남자
혼자 벌어먹고 살아야 할 날들 갈수록 태산이고

애비 없는(아니 바람난 애비의) 자식 하나 거두길
30여 년, 덤으로 챙겨놓은 약병들 통증들
관절마다 세포마다 기억마다 옹송거리고 있다

하나 뿐인 자식 놈 생일 잊어버리고
자격지심 죄 값 하나 더 보태어놓는
갈비뼈 앙상한 가슴팍은 이제 통증도 없다
(눈물도 너무 사치스런 소품이라서 내버렸다하지, 아마)
하나 뿐인 자식 놈 안부 전화 한 통 없는
어버이날 그 화려한 틈바구니에서

여름 1

가만히 있어도 땀이 배어나는
계절에
사랑하는 사람들도 있다
땀은 뚝뚝 떨어지며
그것처럼 그녀 머리에 가슴에

그래도 마다하지 않고
사랑하는 사람들이 있다

여름 2

게으름의 틈새로
스멀스멀 기어드는 곰팡이들
여름은
게으름을 즐기는 이들에겐
악취만 선물하는
똑똑한 계절이다

지구 탈출기

아파트촌에 초라한 비행접시 하나
내가 버린 종이비행기는 비 맞아 사망한 지 오래
그득그득 햇볕 씹어 먹다
이제 비상하였으니
휴지조각으로부터 날짐승으로 환생하였으니,

이 껍질 죄 말려
금박 액자에 정성껏 매장시켜다오
한순간도 같은 포즈이지 못했던 것은
단 한번밖에 주어지지 않던 기회 놓치고 싶지 않던 과욕 탓
정성껏 살았었다고 기억해다오

무차별 도수의 알코올로 위벽 도배해도
니코틴으로 폐부 검게 떡칠해도
멈추어지지 않던 숨쉬기 운동, 살아 있음.
바깥은
노오란 개나리로부터 감각적인 진달래로
뼈 속 에이던 칼바람으로부터 텁텁한 황사현상으로
불현듯 탈바꿈하고
외출 준비하는 오후는

무척 생경하였다, 바람이 머리 틀어 올린 천상 꼭대기에
외계인의 눈초리 하나 번득!

자격 없음
넘치는 봄기운에 두터운 겨울 외투라니,
지구인의 적성검사에 실격당한 너 빼돌리려
유에프오 출현
네 기억은 액자에 가지런히 정리될 테니
술잔, 마저 비울 것
담배, 서둘러 피워 없앨 것

지구살이

숨 쉴 시간조차 없이 버겁게 바쁜
시간의 틈바구니
제 딴엔
무슨 비법이라도 전수 받은 양 초연한 척
하늘 한번 우러르지만
거기에도 빽빽이 빗줄기들 세 들어 살고

그래도 한갓지게 잠자리라도 확보했으니
천만다행인 삶
거기 부터 나는 시바스리갈
가격인하 경쟁 덕에 내게까지 차례가 당긴
달콤한 위스키 한 모금
오늘 밤
늦도록 시간과 취해도 행복하다

숨 가쁜 앰뷸런스가
어느 부러진 인생 싣고 달리기에
오래도록 귓가 먹먹한지
죽고 사는 것 종이 한 장 차이
부음장과 출생신고서 중 택하라면

난

나날이 출생신고서 쓰련다

이 지구상에 나만의 월세 방 하나 구하련다

숨마다 시련과 아픔 더불어 같이 들락거릴지라도

취해야만 비로소 행복해지는 더부살이 날들일지라도

참새

버르장머리 없기로 이름난 너
간 밤 숙취 억지로 달래 가며
고대하고 고대하던 우리들의 점심 식탁
성스러운 한 끼 식사의 장으로

방정맞게 날개 푸득이며 들어서다니
새답게 살라고 가르친 애비의 당부
넓은 하늘 배경 삼아 둥지 틀라던
뼈만 남은 유언 어디 물어다 놓고
쌀알도 아닌
먹다버린 밥풀 주우러 여기 왔는가

남들보다 앞서야만 산다고
책상 위에서도 차 안에서도 밥상 위에서도
교양서적에 시사채널에 노트북에 코 박는 세상
너마저
하늘 버리고, 날개 버리고
산천초목의 생쌀, 생 낱알들 죄다 버리고
허름한 분식집 앞에 자리 잡을 줄

뼈대 있는 유언은 짐작이나 했을까

밤의 일터에서

구겨진 담배 곽에 쓸쓸히 적힌
오늘의 일기, 오늘의 수당
이 단어들 몇 개쯤이나 삭히면
한 편의 시로 발효될까

메모리가 부족합니다

기억의 창고엔 늘
부재중의 메시지만 떠돌고
가습기를 틀지 않으면 목이 아픈 현대인에게도
담배 곽의 시는 필요할까

3교대
취침의 황금시간대를 살아 꿈틀거려야만
목숨부지의 대가가 주어지는
이 틈바구니에서.

부정한 웃음 한 조각 떼어 팔아서라도
꼼지락거리는 내 생의 이유 되찾아야겠다

뉴스와 팔자

30년 일부종사 끝에 젊은 계집에 사내 빼앗겨도 팔자

평화의 시대에 군대 보낸 아들 목숨 앗겨도 팔자

허리뼈 꼿꼿할 틈도 없이 계단 닦아내려도 팔자

지하방에 갇혀 햇빛에게 사글세 한 푼 못 거둬들여도
팔자

유학 갔다 와 대학교수 된 친구 놈 두어도 팔자

재개발 구역마다 집터 닦으며 막노동해도 팔자

그 나라에 태어나 에블라바이러스에 먹혀도 팔자

파리가 얼굴 기어 다녀도, 맨발로 밭 일구어도 팔자

얼굴도 모르는 사내에게 시집가 옥수수 알처럼 새끼
까놓아도 팔자

일자무식 어머니 밑에 태어나 또 일자무식 손주들 낳
아도 팔자

갑작스레 동공 안으로 뛰어든 자동차에 하반신 마비
되어도 팔자

축축한 시장 바닥 좀약 수레 밀며 기어도 팔자

별이 되길 꿈꾸다 천문학자 되어 유명세 타도 팔자

추리소설 골몰하다 4차원 세계로 팔려들어도 팔자

종말론에 취해 남편과 아이들 두고 가출해도 팔자

하느님 눈길 끌지 못해 휴거되지 못해도 팔자

연탄불 일구다 가스에 중독되어 눈 못 떠도 팔자

LPG 가스가 빛내어 차린 가게 통째 바비큐 해 놓아
도 팔자

아름다운 동양의 육체를 서양의 문신들에게 난자당
해도 팔자

날개 달린 천사 되려는 계란 프라이팬에 깨뜨려도
팔자

종내는 눈물 말라 인공눈물 있어야 눈 떠도 팔자

남들보다 먼저 생명의 테이프 다 풀려 앞서 길 닦으
며 납골당 가도 팔자

남의 팔자에 밑줄 좍좍 치다가 닳아버린 형광펜의
파알자

이별 의식

우리 처음 만났을 때의 기억
어디쯤 가 있을까
아무에게도 들키지 않고 살아 보려고
눈물로 녹여 내린 시간들
어느 하수구에 막혀 버렸나

신의 게임방법은 늘 잔인무도 했어
내가 용서하며 널 껴안으러 다가서면
너는 방문을 닫아버리고
네가 나의 상처 동여매주려 손 내밀면
나는 장갑 끼고 외출해 버렸어

넉살좋은 어둠이 밤마다 우릴 한 이불에 뭉개 놓아도
변함없이 쪼개진 창문처럼 열리던 우리의 아침들
싸움도 눈물도 사랑법의 하나인줄
말이 없어지고
웃음이 말라가면서
늦어버린 오후에야 깨달았어

익숙해졌던 일상들, 촉감들을

각자의 상자에 챙기면서
한 장의 사진 속에 갇힌 네 모습과 내 모습을
흔적 없이 오려내기 불가능한 걸 몰랐을까
각자 한대씩 담배 피워 물고
감쪽같이 과거 정리하는 법, 모의했어

해탈의 경지 이른 풀꽃들이
어리둥절 잠 깨던 들판에서
우린 한 줌의 불을 놓았지

타거라
우리 처음 만났던 인연부터 지금 돌아서는 인연까지만
간첩 같던 눈총들, 사라지거라

첫사랑

나, 태어난 지 몇 해째인지 몰라도
거기에 보송보송 난 털 보면
아기를 낳고 싶어

영화배우처럼 손톱 이쁘게 기른 그녀
주말마다 우리의 만남 위해
똥을 목구멍으로 눕고
밥을 콧구멍으로 삼켜도
기억의 샘 퍼 올리며 그녀 화단에 물을 주지

산 밑에서만 사는 지하철 타고
그녀가 세상 향기다발 모두 모아
토박토박 햇살 젖히며 오르는 모습
나보다 먼저 병신 기집애가 발견하면
그 애의 비틀린 모가지를 비틀고 싶어

세수 비누 냄새 풀풀 나는 목소리
밥 잘 먹었니, 똥도 잘 눕고?
아랫도리 벗겨 뒷마당 수도꼭지처럼
줄줄 오줌방울 흐르는 내 성기 닦아주면

나는 선물하고 싶어

입으로 밥 먹고 엉덩이로 똥 누는,

성기는 온전히 그 기쁨만 누리는

염색체 배열 가지런한 나의 아기를,

뺨 붉게 물든 그녀

꽃처럼 열려 있는 입술

행방불명

휴대폰이 있음 뭐하나
비상연락망이 있음 뭐하나
항상 부재중

의심 받기 싫어서
인간의 탈 지겨워서
감정들이 더럽게 새끼 쳐 버리니까
부재중

부재중
부재중

있으면서 없는 것과
없으면서 있는 것과

누구라도 부재중

여름 3

해바라기도 지쳐
고개 꺾어 버리고
땅도 지쳐
초심으로 원점으로
분열하고, 자맥질 자맥질

사람들만 용감하다
태양도 문드러지는 폭염
벽돌들 한 개씩 올리고 붙이고
날마다 하나씩은 흔적
남겨 놓고
자리 뜬다

공사 중 팻말

행복지수

그녀들은
몰라요
에이즈가 무엇인지
사랑이 무엇인지

오히려
몇 번의 잠자리 끝 느낌이
인생살이에서 기억할 만한
가치예요

우리들이 그물을 쳐 놓았죠
양심,
가책,
원죄,
인류,
그리고 종말

우리들은 그물에 걸렸죠
두려움,
불면,

고통,

질병,

그리고 종말이 예견된 나날

그녀들은

일백 퍼센트 행복하죠

슬픔보다 더 작아지기

눈물보다 더 의미 없기

사랑보다 더 허전하기

애초 그녀들이

우리들의 그물에 걸릴 방법은

없는 거예요

빈자리

이럴 줄 알았어요
그 곳이 얼마나 공허한 빈 터 될지
짐작 했었지만
깊이도 어둠도 모르는
끔찍한 블랙홀 되어버렸군요
그대가 채웠던
그 자리

인연 있음 다시 만난다지만
얼마나 허무맹랑한 확률이던가요
인연보다는 악연들이
나의 사지를 사방팔방 결박해
난 꼭
찢어질 것만 같아요
너덜너덜 영혼은 설사되어 변기통 속으로
풀썩풀썩 살점들은 매연 되어 길 밖으로

보이나요
들리나요
내 영혼이 반지하 방구석 변기통에서

꾸르르륵 내지르는 소리가,

내 살점들이

그대 아내가 널은 빨래 위에 석면가루처럼 사뿐

걸터앉는 처량한 모양이,

그렇게라도 나를 풀어주지 않으면

너무 쓸쓸해서

기다리지 못할 것 같아요

샅샅이 분해하면 고통도

그만큼씩만 분해될 거라고,

그것들 한 개씩 휴지통에 삭제하다 보면 세월 갈 거라고,

철 지난 유행가가 날

위로 하려 드네요

나는 것이 사치스럽다면

휴대폰만한 가로등 땅 그늘에
자신의 몸 가두고 비둘기,
움직임 없다

언젠가 주워 먹은 그것 때문이야
그녀를 보아도 용기가 없어지고,
그녀는 불임의 시대를 대변하듯
허리가 늘씬하게 빠졌어
다른 놈들에게 슬쩍 건드려 보게 했지만
여전히 우리의 미래는
잉태되지 않았어

나는 것이 무의미해지면 하늘은
그저 사치스러운 공간일 뿐
지붕 처마에 집짓는 것은
그저 참새들에게나 귀띔해줘야 할 낯선 전통일 뿐
땅바닥 그늘에 둥지 틀면 될 것이야

오, 성스러운 비둘기들의 피임약
인류를 구원할 위대한 처방이여

의미

이렇게 열심인 사람들의
노동 앞에서
눈물 흘리지 않는다면,

34만 5천원의 원피스가
단돈 5천원으로 굴러들어올 때까지
참기도,
기다리기도,
분노하기도,
참 많이 했다

2000년 대 공장은 하루아침에
90%의 세일을 준비해야 하고
세일만 기다리며 사는, 노동하는
2000년 대 주인공들 위해

눈물 흘리지 않는다면,

재고처리 상품들을 온전히 찜하려면
신상품이 한 번 더 출고될 때까지
조금만, 참고, 기다리면 될 것
분노는 시대에 어울리지 않는 사치품이어서
이제 우리들 몫 아니므로

도화살

인생에 한 점
오점 남기지 않으려면
사랑도 거부해야 해
훗날 멋들어진 수식어가 필요하다면
성녀라고 해주어

이 남자 저 남자에게
입술 빼앗겨도
잠자리의 파트너가 매일 바뀌어도
사랑 한 번 못해 본
숫처녀인걸

망설임도 없이
품안에 잦아드는 남자들 보듬으면
마리아의 넉넉함 알 것 같아
아내와 애인이 있어도
늘 불안한 시대의 남자들을
위로하라고,
그분은 내 인물됨 짐작하셨던 게야

눈물은 늘 달콤했어

하루하루는 늘 어제 같았어

행복은 바로 이런 거지

지구상의 모든 남자들이

내 것 될 수 있다는 것

나는 누구의 것 될 수 없다는 것

그 프라이드

제4부

봄아이

한쪽 눈알이 뭉개어진
안과 손님

정자와 난자가 만날 때마다
액셀 시트의 숫자 추가되는
산부인과 계산대

태어난 지 3년째
거짓말과 아부에 먼저
말문 트는 아이

아이의 영악한 눈 꼬리는
벌써
자동차 값을 안다
키보드 두드리면
계산서 숫자가 커짐도 안다
눈이 망가지면
남의 눈알을 사서 끼우는 것도 안다

자기가 처음 만들어질 때
이미 계산서로 환산되었던
그 기억까지도 안다

쥐

쥐가 나면 어떡하지요, 선생님

고양일 키우세요

하얀 가운 남자의 희어머얼건한 노옹담

시간들은 오그라드는데….

보태기

또
하루를 살아서
죄를 보태고
벌로
며칠 더 생명 연장

안락사도 만만찮은 세상에
뜻대로 될 일 무엇 있을까 싶지만
목숨부지의 대가만큼은
원치 않아도
먼지처럼 무시로 쌓인다

풀벌레, 저도 살기 위해서
면도날 같은 의식으로
적막 해치우는 오늘

낙서

낙서에 의미를 부여하자
시가 되었다

가장
가슴 아픈 시
가장
버리고 싶은 시
가장
애장하고 싶은 시

갑자기 자음 모음 기호들이
숨을 헐떡인다
도리 없이 의미를 빼버렸다

낙서의 등에
보답처럼 업힌 그림자 하나

고마워,
쉬어 가고 싶었던 순간
너무 많았었는데

법칙

서로의 악연이었던 죄
서로의 혈연이었던 죄
서로의 위안이었던 죄
1백만 원짜리 위패로 감해지길
바라는 것인지

떠난 자도
남겨진 자도
주고받은 인연보다 더 큰
고통 끌어안고 서로를 보냈으므로(슬픔 또는
가슴 트더지는 홀로 남겨짐 같은)
다시 만날 기약조차 죄 될 수 있겠기에
무심히 돌아서야만 한다

위패는 위패
사람은 사람
3차원 간결한 삶의 법칙

인간 예찬

고통도 제 각각
생각도 제 각각

누군들
이만한 예술작 만들 수 있을까보냐

사는 것이 따분할 때
충격적인 완충작용이 필요할 때
거울 속으로 잠수할 것

네 눈곱부터, 네 생리혈까지
질리도록 감상한 후
인간으로 목숨 붙어 있음 감사할 것

네 삶이 마감되는 날
우주의 단 하나 희귀본이었던 예술 활동
영 중단되고 말 터이니

종류

그 나라 여성들의

공허한 아름다움

그 나라 여성들의

무지한 아름다움

그 나라 여성들의

패스트푸드한 아름다움

그 나라 여성들의

게쉬타포한 아름다움

그 나라 여성들의

애매한 아름다움

그 나라 여성들의

배고픈 아름다움

그 나라 여성들의

부도덕한 아름다움

나만 모르는

나의 선입견투성이 아름다움

옥탑의 방

내가 떠나온
옥탑의 시멘콘크리트 공간에는
비가 세 들어 산다
창고였던 놈의 태생을 바꿔
방과 마루를 들여놓았지만
천성은 버릴 수 없어

틈만 나면
곰팡이가 기어들고
길 잃은 고양이 이 빠진 창가로 숨어들고
칼바람은 샤시 문 난도질해
밤새 비명 지르게 한다

그곳에
꿈에도 병마에 시달리고 있는
두고 온 피붙이들
돈 몇 푼 손해 보았음에 의절 선언한
밴댕이 남자와 사는 여자 생각에 한숨 꺼지는
아무래도 잊을 수 없는
형제들이 산다

비 새는 창고를 방으로 바꾸어준
나의 노고도
실패한 미래처럼 산다

태풍
-박제된 나무

뽑아줘, 뽑아줘
가지 많은 나무는
더욱 고통스럽게

이제 고만
저 바람과의 투쟁
멈추고 싶다
지구촌 어느 구석에서
삭히다 삭히다 못 삭힌 원망들 뭉쳐
애써 하늘 떠받들며 부지한 오늘까지를
이다지도 후려대는지

먼저 뽑힌 친구는 이제
편안하다
땅과 수직으로 맞서
나뭇잎만한 자유 갈망하던
가지들까지 꺾어지면서
모두 수평으로 수평으로 엎디어
고통은 잠잠하다

땅과의 평화협정

친구는 이제

침대로 의자로

제 자유를 전기톱으로 재단하여

구겨진 양심까지 못 박고 끼워 맞추어

온전히 박제되었다

또 한 번 때려 부수어질 때까지만은 최소한

책상의 꿈과 자유를 보장받기를!

뽑아줘, 뽑아줘

아직 남아 있는 고통들 더 많음을

태풍이여!

성경에 이르기를

어제 나는
그이랑 했어요
오늘 나는
이이랑 했어요
사람들은 모두 그러함으로써
생존했다고들 해요

직박구리가
동료 하나를 매에게 헌납하고
나머지 무사했음을
자연의 섭리라 해요
생태계란 지도를 만들고 신은
기뻐 눈물 흘렸을까요

교양과 덕망을 쌓고
아, 그리고 모든 창작품의 주제인
사랑

인류의 구원은 저마다의
가치관에 종신형으로 따르기보다는

그저 하는 게 나을 거예요

성경에도 거룩하게 쓰여 있죠

아브라함은 이삭을 낳고

이삭은 가브리엘을 낳고

*시 속의 화자는 성경의 순서를 모르는 자연인임

엿보기
-나무의 고해성사

나는 못 보았어요
그녀 어깨에 편승한 야윈 가난도
그이 살찐 둔부의 출렁이는 욕망도

커튼이 반쯤
한눈팔고 있었지요
직무유기 하고 있었지요
다시 한 번 온 힘 다해 내딛는
그녀의 모험, 사랑과
다시 한 번 온 힘 다해 발산하는
그이의 바람, 통정을
꼭꼭 가려주었어야 할 커튼이

산비탈에 은근슬쩍 신축된 모텔 뒤로
강제 이주 당한 신세지만
똑바로 서 있기조차 민망했어요
우리들은 모두 너무 평등해서
부러 나뭇잎 부대끼며 분란의 바람 일으키기도 하지만
인간들은 너무 차이 나요
그녀 어긋난 등날개가
일상의 고문에 저리 야윌 때까지도

그이는 그녀 젖가슴만 사랑하고 있다구요

이제 고만 바람더러 부탁할래요
사정없이 이파리 모두 떨구어 달라고

단발머리

1년의 번민이 싹뚝,
그의 입술 흔적도 잘렸다

잘라줘
짧게, 더 짧게

고통보다도 더 고통스럽던 의식,
돌아가고 말겠어
원래원래 내가 있던 자리
아무도 관계 맺지 않았던 텅 빈
그곳으로

여자의 남자

이제는
의도를
미화시켜 달라고까지 한다

돈 한 푼 지불하지 않고
여자 영혼 속에 기어들어와
죽을 때까지 동거 하겠다 한다

이후로
영혼 자유롭게
방황할 수 없으므로
죽는 것도
두렵다
여자는,

우리 사랑은

손금이 지워질 때까지
나
그대와 같이 할 운명
움켜쥐고 살려 하네

어떤 이별수도
어떤 사별수도
우리 사이에 끼어들지 못하도록
나는 그대를
그대는 나를
온통 움켜쥐고
기다리면
하늘도 외면하지 못할 터

혹, 그대 내 곁에 머물 수 없는
운명이라면
내가 그대 곁에 머물 수 있는
운명이도록
손금 파려 하네, 성형외과 들리려네
바람 같은 그대와
바람 같은 나 만났으므로
회오리바람 한번 일으킬
이곳에서의
우리 사랑

생각

이 남자랑
헤어질까요

생각하기 나름

이 남자랑
같이 살까요

생각하기 나름

또 다른 사람을
그리워할까요

생각하기 나름

또 다른 고통이
곱으로 쌓일까요

생각하기 나름

바람의 유혹

더럽게도 창문 흔들어대네요
혼자 있는 줄 아는 게 분명해요
어서 외투 하나 걸치고
나오라 하네요

인연의 공간
삶의 공간
고통과 웃음이 더불어 살던 공간
죽음도 잊혀져가던 공간
겨우 창 하나의 경계 두고 있는
공간

담쟁이의 기근처럼 발바닥은
내 방에 붙들려 있으므로
나는
발목이라도 잘라야하겠네요
까짓,
몸뚱이 전체와
몸뚱이에 기생하여 영 돌아갈 생각 않는
영혼이란 놈까지 자유롭자면

발바닥 정도
버려야죠

아, 고만 좀 창문
흔들어대라니까요

무덤
-그들의 죽음보다 못한

그대, 우리들의 그대는

알고 있나요

뜨거운 불속에서 마지막 생 불태우며

죽어가는 그 윤택함

선택받은 자의 죽음, 화장을

그리고

뼛조각까지 새의 간식되어 죽어가는

좀 더 윤택한 자의 죽음, 그 조장을

그리고

새 밥으로 던져지거나 장작으로 소비되기에는

저승길 노잣돈 부족해

강에 내버려지는 죽음, 그 수장과

감자탕 속의 그것들처럼

온순하게 떠돌이 개의 양식으로 돌아가는

타다 만 허벅지, 팔다리의 동강난 죽음을

나는, 우리들은

분명 전염병자거나 또는 범죄자였겠죠

풍토 좋고 물 좋은 땅속만 골라

그렇게 수치스런 죽음으로 매장되다니

그곳은

불꽃 이글대는 바람도 들지 않고

새들의 고약한 퍼득임도 들리지 않고

물고기들의 숨 가쁜 먹이다툼도 느껴지지 않는

아주 아주 무의미한

잊혀진 땅속

난 진정 그 무덤 속으로만은

돌아가지 않으려 해요, 그대

*티베트에서는 화장, 조장, 수장, 매장의 순으로 죽음을 등급 매긴다.
 매장은 가장 나쁜 경우의 죽음을 상징한다.

시체 유감
-인도 이야기1

거긴 똥개도 없고
타다만 사람 뼈만 훔치는
개들 산다하더이다
감각이 더뎌진 건
사람 그다지도 많고
죽음 그다지도 흔하므로

세상에 왔다간 흔적
그대도 창부娼婦도
반드시 넉넉한 유산 하나씩은
온전히 남길 수 있으므로(바로 그대들의 육신!)
교통체증처럼 막히는 인생길
기다리며 기다리며
당당하게 살아갈 수 있는 것

손아귀에
마지막 가는 저승길 차비조차
넉넉하게 쥐고 죽지 못한 그들은
대신
눈만 살아 있는 개들에게
타다만 뼈다귀 하나 일용할 양식으로 남겨줄 수 있고

소비되는 뼈다귀 앞에서 우리는

느낌도 생각도 제거하며 살아야 할

의무 하나씩 가슴에 안고

삶이 명하는 현장으로 되돌아간다

새처럼, 비처럼

새들은
비가 와도 집으로 가지 않고,

우기는 의무처럼 찾아 든다
곰팡이들 기생하고
벌레들 창궐하고
화려한 꽃잎지면 그뿐
남는 것은 그뿐

또 얼마나 되풀이되풀이 보여주어야만
이해되는 것일까
또 얼마큼 망가뜨려야만
포기되는 것일까

사는 일
아니, 살아내는 일들을

새들은 깨우쳤다
빗속에서도 자유롭게 날개 퍼득이는 법을

봄의 환상

한바탕 봄비면
제 인생 까무라치는 줄도 모르고
만물의 영장 내 마음 구석을 이리
짓쑤시니
너의 내세도 아마 별 볼일 없으리

그래도 옛 정분 못 잊어
잠시 곁에서
한 시절 위로로 생을 마감하니
서둘러 빈방 차고 앉아
진혼곡 한 장 날려주리

세상은 덧없이 만개하고
사람은 습관적으로 거리를 걷고
봄비는 의무적으로 꽃잎 후려치고
꽃잎들은 버릇처럼 젖은 낙엽 되어 거리 뒤덮고

오늘 하루 발자국 들키지 않고 거리 지나쳤음은
다 너의 넓은 오지랖이 있었기 때문이었는가

옛날이야기 2

그 순간은 분명
사랑이었고
운명이었고
생이었고
나의 여자였는데,

최후의 처방이었죠
극약 처방이었죠

아씨 댕기머리에 눈물 꽃 달아매던
아버지의 아버지의 아버지가 애써 남긴
단 하나의 유산
사랑, 그 극약 처방 이후
삶은 다시 스카치테이프 붙인 얼굴로 물끄러미
내 유리창 되기를 자청했어요

나의 남은 생 다 투자하여도 마땅할
나의 뿌리 같은 그대여

만찬

프라이팬 위의 생사,
물방울들 오그라드는 비명 소리
멸치들 단결하여 떼죽음으로 튀겨지고

여자의 노동과
행주 같은 영혼들 모여 앉아
한여름의 식탁 풍성케 하고

영혼이 어디 있다고?
그가 먹어치운 개의 살도
그들이 상큼하게 입맛 다신 쑥갓에도
머물던 영혼 어디쯤

의자가 나뭇잎 달고 있던 20세기
숟가락이 여린 풀이었던 고생대
살도 뼈도 죄 풀어진 계란 살 같던
인간의 원시림으로
돌아가고파

태초에 말씀 있었으니
무생물로 떠돌던 공기 그리고 구름
(나의 전생의 전생 따라가 보면)
프라이팬에 물방울 지져지던 그 날 오후 있었나니,

그 출발점

다시
시작할 수 없는 삶을
다시
시작했을 때

내 모습 드러났다
폐품 처리해달라고 오히려
웃돈 얹어주어야 하는 늙은 가구들처럼

무슨 이유로
3차원 공간에 유기체로 떠돌며
먹고 살기에 혼신의 힘 기울여야 하는지
그는 정말, 다시,
시작하고 싶은 걸까

연락오지 않는 시간들 틈바구니

바퀴벌레도 이젠
친구처럼 느껴지는 꽤 평등한 출발지점
사랑은
도돌이표로 그려지면 진부한 일상
인생, 그것이
도돌이표 되면 반칙이듯이

유일무이한 그것

얼마나 다행인가
덤으로 하나 더 챙겨두었더라면
진즉 하나쯤 포기하고 말았을 것

유일한 것이라고
선배들이 그토록 주지시켜도 난,
희소가치 따위 원치 않아
그저 즉석 컵라면 국물 같은 것,
미지근한 온기 자랑하는 자판기 커피 같은 것

교통사고도
내 곁 비껴가고
우연들 필연처럼 날 보호하고
어떻게든 유일무이한 그것
오늘까지 부지하는 기적 이루었으므로,
일어서도 괜찮아

기적이 난무하는 터전
열세 살 미혼모도 유기된 아기도 공존하는 평등한 터전
끝말잇기 퍼즐 같은
우리들의 목숨의 터전

끓는 물과 컵의 대화

반항하지 마
차선책은 필요 없어
목숨 걸고 사기 치는 것도
남의 운명 방해하는 것도
인생은 단 한방이란 사실
눈치 채 버렸기 때문

기다리다간
양보하다간
여지없이 하수구로 버려지게 돼
그래도 한번쯤
인간의 자양분 되어보고
흘러흘러 씨앗 품에도 잦아들어보고
혹 전생의 소망대로
푸르디푸른 하늘에 구름처럼 몸 풀고 누워
신의 빗방울 될지도 모르는 일

반항의 대가는
더러운 시트에 입 맞추는 신세
내 플라스틱 품이라도 애써 배려할 때
온몸 맡기운 채 안겨 주어
아니면 끝까지 포트 밑바닥에 남았다가
온전히

식어버리면 되는 게지

휴식

나무에게
집을 지어주고 싶어
비바람과 눈보라와
질투의 눈총들, 경적과 소음들 피할 수 있는
온전한 쉼터 하나

지붕은 늘 개보수 해야 해
넘치는 상상력 가지 꺾는 건
자살행위, 뿌리까지 문드러져 버릴 터이므로
창문은 늘 햇빛 바라기 해야 해
엽록소 축출된 이파리도
손목의 정맥 자르기와 매한가지

감정의 낱알 모두 증발해버린
튼튼하게 건조된 동료들의 뼈와 살로
터 닦고 기둥 세우고
그리고 기념비적인 서까래 가훈 한 줄

여기 든 바람 모두 잠잠하라

신축된 통나무집 별장
단 한 번의 화재로
잿더미 마감될 나무들의 환생

사고

지나치게 사람
많은 탓이었어
지나치게 차들
넘친 탓이었어
도로도 꼼짝 않고 엎디어 견디는데
아무리 운전기사 맘이라고 해도
어찌 도망칠 수 있었겠나

쇳덩이가 내
팔뚝을 짓누른 건
순전히 쇳덩이의 의지였지
그는 단지 버튼을
눌렀어, 그건 밥줄이었으므로

동요한 건 그저
구경꾼뿐이었어

흘러가고 있었지
구름도, 바람도
잊혀진 인연처럼
차들도 사람들도 도로를 빠져
달아나고 있었지

청첩장

그대 창가엔 새소리 놓아주고
그대 정원엔 장미 심어주고

겨울 되어도 우린
남쪽에서 돌아올 새들 기다리며
따뜻한 땅기운 보듬은 꽃의 잠꼬대 들으며
춥지 않으리라

넉넉한 정원 없다하여도
풀꽃들 머물 수 있는 화분 하나,
자잘한 햇살 세들 수 있는 창문 하나,
그리고 지친 그대 위로할 수 있는
마음 하나
간직할 수 있다면
허리케인 주의보 따위도 별일 아닐 것

우리 서로 함께 할 수 있는
용기와 사랑, 여기 써 두었으므로

seestarbooks 013
이 진 시집 4

팔짱끼고 걸으면 좋겠다

초판 인쇄 2020. 7. 25
초판 발행 2020. 7. 30

지은이 이 진
펴낸이 김상철
펴낸곳 스타북스

등록번호 제300-2006-00104호
주소 서울시 종로구 19길(종로1가) 르메이에르 종로타운 1415호
전화 02-735-1312 팩스 02-735-5501
이메일 starbooks22@naver.com

ISBN 979-11-5795-534-3 03810

ⓒ2020 Starbooks Inc.
Printed in Seoul, Korea

*잘못 만들어진 책은 본사나 구입하신서점에서 교환하여 드립니다.
*이 책은 저작권법에 의해 보호받는 저작물이므로
무단 전재와 무단 복제를 금합니다.

*이 도서의 국립중앙도서관 출판예정도서목록(CIP)은
서지정보유통지원시스템 홈페이지(http://seoji.nl.go.kr)와
국가자료공동목록시스템(http://www.nl.go.kr/kolisnet)에서
이용할 수 있습니다. (CIP제어번호 : CIP2020029337)